AF589897

ALCIONE,
TRAGÉDIE

REPRESENTÉE

POUR LA PREMIERE FOIS

PAR L'ACADÉMIE ROYALE

DE MUSIQUE,

Le Jeudi dix-huit Février 1706.

Reprise les dix-sept Avril 1719. Le neuf Mai 1730.
Le vingt-un Septembre 1741.

Et remise au Théâtre le Mardi dix-neuf Octobre 1756.

PRIX XXX. SOLS.

AUX DÉPENS DE L'ACADÉMIE,

A PARIS, Chez la V. DELORMEL & FILS, Imprimeur de ladite Académie, rue du Foin, à l'Image Ste. Geneviéve.

On trouvera des Livres de Paroles à la Salle de l'Opéra.

M. DCC. LVI.

AVEC APPROBATION ET PRIVILEGE DU ROI.

Les Paroles de feu M. LAMOTHE.

La Musique de feu M. MARAIS.

ACTEURS CHANTANS.

Dans les Chœurs.

Côté du Roi.		Côté de la Reine.	
Mesdemoiselles.	*Messieurs.*	*Mesdemoiselles.*	*Messieurs.*
Larcher.	Lefebvre.	Rollet.	S. Martin.
Caseau.	Le Page. C.	Daliere.	Gratin.
LeTourneur	Lévêque.	Masson.	Le Mesle.
La Croix.	L'Ecuyer.	Héry.	Albert.
Sallaville.	Selle.	Adelaïde.	Pinard.
Gaultier.	Le Roy.	Lachanterie	Paulart.
Edmée.	Roze.	Dauger.	Chappotin.
Dubois c.	Robin.	Petitpas.	Ferret.
	Antheaume.	Cochereau.	Favier.
	Parant.		Du Perrier.
			Laurent.
			Louatron.

ACTEURS

CEIX, *Roy de Trachines*,	M^{r}. Poirier.
ALCIONE, *Fille d'Eole*,	Mlle. Chevalier.
PÉLÉE, *Ami de Ceix*,	M^{r}. Gelin.
PHORBAS, *Magicien*,	M^{r}. Perſon.
ISMENE, *Magicienne*,	Mlle. Jacquet.
UNE EOLIENNE,	Mlle. Dubois.
CÉPHISE, *Confidente d'Alcione*,	Mlle. Chefdeville.
LE GRAND PRESTRE *de l'Hymen*,	M^{r}. Larrivée.
UNE MATELOTTE,	Mlle. Dubois.
LA PRESTRESSE *de Junon*,	Mlle. Davaux.
LE SOMMEIL,	M^{r}. Langlois.
MORPHÉE,	M^{r}. Poirier.
PHOSPHORE, *Pere de Ceix*,	M^{r}. Langlois.
NEPTUNE,	M^{r}. Larrivée.

SUIVANS de Ceix, & d'Alcione.

PRESTRES *de l'Hymen.*

MAGICIENS & MAGICIENNES.

JOUEURS DE TAMBOURINS.

MATELOTS & MATELOTES.

SONGES sous la forme de Matelots.

DIVINITÉS *de la Mer.*

La Scene est à Trachines.

PERSONNAGES DANSANS.

ACTE PREMIER.

SUIVANS ET SUIVANTES DE CEIX.

Mr. LYONNOIS,

Mlle. VESTRIS.

Mlle. CARVILLE.

Mr. LELIEVRE, Mlle. COUPE'E.

Mrs. Trupty, Bertrin, Galodier, Beat, Dubois.

Mlles. Danville, Morel, Armand, Fleury, Thetelingre.

ACTE SECOND.

MAGICIENS.

Mr. LAVAL,

Mrs. Dupré, Feuillade, Hus, Veſtris, c. Henry, Rivet.

ACTE TROISIÉME.

MATELOTS ET MATELOTTES.

Mr. LANY. Mlle. LANY.

Mr. BEAT. Mlle. DUMIRAY.
GALODIER RIQUET.

Mrs. Bertrin, Dubois, Trupty.
Mlles. Chomar, Granier, Courcelle.

ACTE QUATRIÉME.

PRESTRESSES.

Mlle. PUVIGNÉE.

Mlles. MARQUISE, COUPÉE, CHEVRIER,
Mlles Ponchon, Deschamps, Fleury, Pagés.

ACTE CINQUIÈME.

TRITONS ET NÉREYDES.

Mr. VESTRIS.

Mlle. LYONOIS.

Mr. LYONOIS, Mr. TAVOLEGUE.

Mlle. PUVIGNÉE, Mr. LANY, Mlle. LANY.

Mr. DUBOIS. Mlle. DUMIRAY.

Mr. LELIEVRE. Mlle. RIQUET.

Mrs. Dupré, Rivet, Feuillade, Hus, Veſtris, c. Henry.

Mlles. Chomar, Courcelle, Granier, Deſchamps, Marquiſe, Chevrier.

ALCIONE,

TRAGEDIE.

ACTE PREMIER.

Le Théâtre repréſente une Gallerie du Palais de CEIX, *terminée par un endroit du Palais conſacré aux Dieux.*

SCENE PREMIERE.

PELÉE, PHORBAS.

PHORBAS.

Ous voyez le palais où l'hymen d'Alcione
Va combler les déſirs de votre heureux rival :
Déja la pompe s'en ordonne
Et le moment approche . . .

PELÉE.

Ah ! Quel moment fatal !

PHORBAS.

Seigneur, il faut troubler cette odieuse fête;
Tout l'Enfer conjuré m'a promis son secours:
Et ce jour qu'ils ont crû le plus beau de leurs jours,
Va bien-tôt devenir . . .

PELÉE.

Arrête.
Tu sçais ce que je dois au Roy,
Banni de ma patrie, & teint du sang d'un Frere;
Funeste objet des fureurs d'une Mere:
Lui seul à sa vengeance, il s'exposa pour moy.

Sa cour fut mon unique azile,
Alcione à ses jours alloit unir son sort.
Dieux! Je ne pûs la voir avec un cœur tranquile;
Vertu, gloire, raison, tout me fut inutile,
Mon amour combattu n'en devint que plus fort.

Un monstre, que la mer vomit contre mon crime,
Suspendit cet hymen dont j'étois si jaloux;
Et ce Peuple en seroit encore la victime,
S'il n'étoit tombé sous mes coups.

PHORBAS.

Laissez-moi ranimer ce monstre redoutable;
Qu'il rompe encor de si funeste nœuds.

PELÉE.

Non, ne me rends point plus coupable,
Non, laiſſe-moy mourir, laiſſe-les vivre heureux.
Abandonne mon cœur au feu qui le conſume,
D'un hymen que je crains pourquoi me garantir?
C'eſt par moi qu'aujourd'hui ſon flambeau ſe rallume.
Je ne veux point m'en répentir.

Amour, céde à mes pleurs, & reſpecte ma gloire;
Ah! Laiſſe-moy briſer mes fers.
C'eſt trop à la vertu diſputer la victoire;
Contente-toy, cruel, des maux que j'ay ſoufferts.

Amour, céde à mes pleurs, & reſpecte ma gloire;
Ah! Laiſſe-moy briſer mes fers.

PHORBAS.

C'eſt aſſez répandre de larmes,
Et votre cœur n'a que trop combattu;
Iſmene & moy, nous allons par nos charmes,
Secourir votre amour contre votre vertu.

SCENE II.

ALCIONE, CEIX,

EOLIENNES, Suivans de CEIX,

PELÉE, CEPHISE.

CHŒUR.

AImez, aimez-vous ſans allarmes,
Que vos feux ſont charmans, que vos liens ſont doux !
L'Hymenée & l'Amour vous prodiguent leurs charmes,
Tendres Amans, ſoyez heureux Epoux.

ALCIONE ET CEIX.

Aimons, aimons-nous ſans allarmes,
Que nos feux ſont charmans, que nos liens ſont doux !

CEIX, à PELÉE.

Partage, cher Amy, les tranſports de mon ame ;
L'Hymen va me livrer l'objet de tous mes ſoins,
Et rien ne manque au bonheur de ma flâme,
Puiſque tes yeux en ſont témoins.

Que ne puis-je te voir plus heureux que moi-même !

PELÉE.

Eſt-il un ſort plus doux ? Alcione vous aime.

ALCIONE.

Du plus ardent amour mon cœur est enflâmé,
Je me plais à brûler des feux qu'il a fait naître,
Il n'est point d'Amant plus aimé,
Ni d'Amant plus digne de l'être.

PELÉE.

Infortuné!

CEIX.

D'où naissent ces soupirs?

PELÉE.

Que les maux qu'en ces lieux a causé ma présence,
Ont coûté cher à vos désirs!
Que vous avez souffert d'une injuste vengeance!

ALCIONE ET CEIX.

Oubliez nos malheurs, partagez nos plaisirs.

CEIX à PELÉE.

Ah! Que ton cœur n'est-il plus tendre,
Pour juger du bonheur qui va combler mes vœux!
C'est l'Amour seul qui peut faire comprendre
Les plaisirs d'un Amant heureux.

ALCIONE, CEIX ET PELÉE.

Que rien ne trouble plus une flâme si belle.

PELÉE. / A. & C. Ah! Que { vôtre / nôtre } chaîne a d'attraits!
Qu'elle dure à jamais,

PELÉE. / A. & C. Et { vous / nous } semble toûjours nouvelle.

CEIX à sa Suite.

Chantez, chantez, faites entendre
Les accords les plus doux, les sons les plus touchants;
Par vos plus tendres chants,
Célébrez l'amour le plus tendre.

LE CHŒUR repete, Que rien ne trouble, &c.

On danse.

CEIX, alternativement avec le Chœur.

Que nos désirs
Puissent toûjours renaître:
Par les plaisirs,
Notre flâme doit croître.

Qu'à nos amours
L'Hymen seroit à craindre,
Si son secours
Servoit à les éteindre!

Serrons les nœuds
D'une chaîne si belle;
Que l'amour heureux
N'en soit que plus fidele.

On danse.

Une EOLIENNE, alternativement avec le CHŒUR.

Dans ces lieux, Amour, tu nous ramenes
Les Plaisirs, les Graces, & les Ris:

C'est après des rigueurs inhumaines,
Que tes dons sont cent fois plus cheris;
Qu'il est doux d'avoir souffert tes peines,
Quand tu viens nous en donner le prix!

On danse.

SCENE III.

ALCIONE, PELÉE, CEIX, ET LE GRAND PRESTRE DE L'HYMEN, PRESTRES *de l'Hymen, portant des Flambeaux ornés de Guirlandes.*

CEIX.

ON approche : cessez, & qu'un profond silence
Des Prestres de l'Hymen honore la présence.

PELÉE à part.

Quoi ! Leur hymen va s'achever !
De ce spectacle affreux, ô mort, vien me sauver !

LE GRAND PRESTRE.

Venez, venez, au nom de la troupe immortelle,
Vous jurer l'un à l'autre une ardeur éternelle.

ALCIONE ET CEIX.

Ecoûtez nos sermens, Arbitres des humains.
Vous, qui pour punir le parjure,
Tenez la foudre dans vos mains,
Vous, qu'en tremblant adore la nature,
Maître des Dieux...

Le Tonnere gronde.

ALCIONE, CEIX, & le GRAND PRESTRE.

Quel bruit ! Quels terribles éclats !

L'air s'allume : Le Ciel fait gronder ſon tonnere,
Quel gouffre affreux s'eſt ouvert ſous nos pas!
Tout l'Enfer en courroux ſort du ſein de la terre!

Les Furies ſortent des Enfers, ſaiſiſſent en volant les flambeaux de l'Hymen dans les mains des Prêtres, & embrâſent tout le Palais.

LE GRAND PRESTRE.

Fuyez : à votre hymen le ciel ne conſent pas.

CHŒUR.

Quel embrâſement! Quel ravage!
Dieux! Injuſtes Dieux! Quelle horreur!
Laiſſez-nous du moins un paſſage;
Laiſſez-nous fuir votre fureur.

SCENE IV.

PELÉE.

CEt Autel, ce palais devoré par la flâme,
Malgré-moy, flatte mon ardeur :
Mais je ne ſens qu'avec horreur
Le perfide plaiſir qui renaît dans mon ame.
Dieux, juſtes Dieux, vengez-les, vengez-vous,
Lancez, lancez vos traits; je me livre à vos coups.

FIN DU PREMIER ACTE.

ACTE II.

ACTE SECOND

Le Théâtre représente une Solitude affreuse, & l'Antre de PHORBAS *& d'*ISMENE.

SCENE PREMIERE.

PHORBAS, ISMENE.

ISMENE.

LE Roi dans ces lieux va se rendre ;
Il croit que le ciel seul traverse son bonheur ;
Et c'est par nous qu'il veut apprendre
S'il ne peut de son sort adoucir la rigueur.

PHORBAS.

Pour le troubler encore, unissons-nous, Ismene ;
C'est moi qui vous appris mon art misterieux :
Il faut servir Pelée, il faut servir ma haine
Contre un Prince qui regne où regnoient mes ayeux.

Pour attirer ſa confiance,
J'ai feint, ſans murmurer, de recevoir ſes Loix:
Mais je ſens trop que ma naiſſance
M'appelloit au trône des Rois.
Reſervons-nous du moins le plus doux de leurs droits:
Regnons par la vengeance.

ENSEMBLE.

Regnons / Regnez } par la vengeance.

PHORBAS appercevant Ceix.

Mais retirons nous: je le vois.

SCENE II.

CEIX, ſans appercevoir PHORBAS *&* ISMENE.

CEIX.

DIeux cruels, puniſſez ma rage & mes murmures,
Frapez, Dieux inhumains, comblez votre rigueur;
Vous plaiſez-vous à voir dans mes injures,
L'excès du déſeſpoir où vous livrez mon cœur?
Je touchois au moment où la beauté que j'aime,
M'eût rendu plus heureux que vous;
D'un extrême bonheur, Dieux, vous étiez jaloux,
Et vous vous en vengez par un ſupplice extrême;
Mes maux ſont auſſi grands que mon eſpoir fût doux.

Dieux cruels, puniſſez ma rage, & mes murmures,
Frapez, Dieux inhumains, comblez votre rigueur;
Vous plaiſez-vous à voir dans mes injures
L'excès du déſeſpoir où vous livrez mon cœur?

A PHORBAS, & ISMENE qui s'approchent.

L'injuſte ciel à mes maux m'abandonne;
Jai recours aux Enfers, daignez les conſulter.

PHORBAS.

Que ne renoncez-vous à l'hymen d'Alcione?
Le ciel vous le défend, pourquoi lui réſiſter?

CEIX.

Les Dieux ont vainement troublé mon eſpérance,
Je ſens à chaque inſtant mon amour s'augmenter;
Et ſi cet amour les offenſe,
Je me plais à les irriter.

ISMENE.

Quittez de trop cruelles chaînes,
Ne formez que d'heureux déſirs;
C'eſt offenſer l'Amour que d'en chercher les peines;
Il ne veut ſervir qu'aux plaiſirs.

CEIX.

Ne vous oppoſez point à mon impatience.
Cruels, par votre réſiſtance
Voulez-vous auſſi me trahir?

PHORBAS, ET ISMENE.

Vous êtes notre Roi, c'eſt à nous d'obéir.
Vous, dont les miſteres affreux,
Pour ſoûmettre l'Enfer, ſont d'invincibles armes,

Quittez vos antres ténébreux,
Venez vous unir à nos charmes.
Accourez, hâtez-vous,
Notre voix vous appelle;
Accourez, ſignalez pour nous
Votre pouvoir & votre zele.

SCENE III.

PHORBAS, ISMENE,
MAGICIENS ET MAGICIENNES.

CHŒUR de MAGICIENS & de MAGICIENNES.

EProuvez notre ardeur fidele,
Parlez, commandez-nous;
Nous allons ſignaler pour vous
Notre pouvoir & notre zele.

PHORBAS.

Tranſportez l'Enfer en ces lieux,
Offrez-nous-en du moins la terrible apparence;
A nos ſens effrayez faites voir tous les Dieux,
Dont nous voulons implorer l'aſſiſtance.

CHŒUR.

Sortez Demons, ſortez, que tout ici reſſente
L'horreur & l'épouvante.
Tranſportez l'Enfer en ces lieux,
Offrez-nous-en du moins la terrible apparence;
A nos ſens effrayez faites voir tous les Dieux,
Dont nous voulons implorer l'aſſiſtance.

Le fond du Théâtre devient une image des Enfers : On y voit PLUTON & PROSERPINE, assis sur leur Trône.

Les Magiciens commencent leurs Cérémonies.

PHORBAS.

Sévere fille de Céres,
Et toi, des sombres bords formidable Monarque,
Vous à qui la fatale barque
Ameine à chaque instant mille nouveaux sujets,
Ecoutez-nous, Dieux redoutables ;
Que nos vœux, que nos cris vous trouvent favorables.

PHORBAS, ISMENE, ET LE CHŒUR.

Fleuves affreux, qui par vos noirs torrens
Défendez le retour des Royaumes funebres,
Par les Manes plaintifs sur vos rives êrrans,
Par vos éternelles ténébres,
Par les sermens des Dieux, dont vous êtes garans,
Ecoutez-nous, Dieux redoutables ;
Que nos vœux, que nos cris vous trouvent favorables !

Les MAGICIENS, & les MAGICIENNES continuent leurs Cérémonies.

PHORBAS.

Nos vœux sont écoutez dans les Royaumes sombres,
Chantons, chantons le Dieu des Ombres.

LE CHŒUR.

Que son terrible nom soit par tout célébré ;
Tremblez, Mortels, tremblez sous son pouvoir suprême :

Qu'il ſoit plus craint, plus réveré,
Que celui de Jupiter même.

Les MAGICIENS, *& les* MAGICIENNES *témoignent par leurs Danſes leur joye de ce que l'Enfer les écoute.*

PHORBAS, dans l'entouſiaſme.

Une fureur ſoudaine a ſaiſi mes eſprits;
Reſpectez le tranſport qui de mon cœur s'empare,
L'avenir ſe dévoile à mes regards ſurpris.

à CEIX.

Infortuné, tu perds l'objet que tu chéris
Rien ne fléchit la Parque trop barbare :
Où t'entraîne l'amour ? Arreſte... tu peris.

CEIX.

Qu'entends-je ! quel funeſte Oracle !

PHORBAS.

Hâte-toi, cours chercher du ſecours à Claros,
Apollon à ton ſort peut encor mettre obſtacle;
Il n'eſt permis qu'à lui d'aſſurer ton repos.

CEIX.

Dieu puiſſant, ſauve au moins la Princeſſe que j'aime!

PHORBAS.

Pars, & cours l'implorer pour elle, & pour toi-même.

CEIX *ſort.*

PHORBAS à ISMENE.

J'ai vû ſon ſort; ſon départ va hâter
Les malheurs qu'il croit éviter.

FIN DU SECOND ACTE.

ACTE TROISIEME.

Le Théâtre représente le Port de Trachines, & un Vaisseau prêt à partir.

SCENE PREMIERE.

PELÉE.

Aste Empire, où les vents exercent leurs ravages,
Tu n'es pas le plus dangereux.
Tu vois dans l'horreur des naufrages,
Expirer mille malheureux:
Hélas! Dans les cœurs amoureux,
L'Amour éleve encor de plus cruels orages,
Son calme est plus trompeur, son couroux plus affreux.

Vaste Empire, où les vents exercent leurs ravages,
Tu n'es pas le plus dangereux.

SCENE II.

PELE'E, PHORBAS.

PHORBAS.

L'Amour vient de vous faire une faveur nouvelle,
Vous verrez Alcione à vos vœux moins rébelle,
J'écarte le Rival dont ſon cœur eſt charmé.

PELÉE.

Hélas ! pour être éloigné d'elle,
Il n'en ſera que plus aimé.
L'abſence d'un Rival flate peu mes déſirs,
Rien ne rendra mon ſort moins déplorable;
Les maux de ce Rival m'arrachent des ſoupirs;
Je ne puis à la fois être heureux & coupable.
Non, pour un cœur que le remord accable,
Les faveurs de l'Amour ne ſont plus des plaiſirs.

L'on entend un bruit de fête Marine.

PHORBAS.

Contraignez-vous, on vient. Cette troupe s'apprête
Pour conduire Ceix au Temple de Claros,
Et vient ici, par une fête,
Implorer la faveur du Souverain des flots.

Il ſort.

SCENE III.

SCENE III.

PELE'E, MATELOTS ET MATELOTTES.

CHŒUR.

REgnez, Zéphirs, regnez ſur la liquide plaine ;
Qu'en ſes priſons Eole enchaîne
Les terribles tyrans des airs !

» Toi, qui tiens dans tes mains le trident redoutable,
» Ne permets qu'au vent favorable
„ De troubler le repos des Mers.

On danſe.

UNE MATELOTTE.

Amans malheureux,
Si mille écuëils fâcheux
Troublent vos vœux,
Le deſeſpoir eſt le plus dangereux.

Quelque vent qui gronde,
L'Amour calme l'onde :
Peut-on perdre l'eſpoir,
Quand on connoît ſon pouvoir ?

On danſe.

LA MATELOTTE.

Pourquoi craignons-nous
Que l'Amour ne nous engage?
Si c'eſt un orage,
Le calme eſt moins doux.

Suivons nos déſirs :
Après quelques ſoupirs,
On arrive aux plaiſirs.
Pourquoy perdre un jour ?
Mettons à la voile :
Nous avons pour étoile,
Le flambeau de l'amour.

On danſe.

Les Matelots montent ſur le Vaiſſeau.

SCENE IV.

ALCIONE, CEIX, PELÉE.

ALCIONE.

QUoy ! Les ſoupirs & les pleurs d'Alcione
Ne pourront-ils vous arrêter ?
Vous partez !

CEIX.

L'Amour me l'ordonne.

ALCIONE.

Quoy ! Vous m'aimez, & vous m'allez quitter ?

CEIX.

Je tremble pour vos jours, c'eſt mon unique envie
D'écarter les malheurs qu'on m'a fait redouter.

ALCIONE.

Hélas ! vous tremblez pour ma vie !
Et par votre départ, vous me l'allez ôter.

Mon cœur, à chaque inſtant, vous croira la victime
Des flots & des vents en courroux :
Je connois l'ardeur qui m'anime ;
Je mourrai des dangers que je craindrai pour vous.

CEIX.

Ah! plus dans cet amour mon cœur trouve de charmes,
Et plus je ſens pour vous redoubler mes frayeurs:
Laiſſez-moi ſur vos jours diſſiper mes allarmes,
Et ne craignez pour moi que vos propres malheurs.

ALCIONE.

Conſentez donc que je vous ſuive.
Si je ceſſe de voir l'objet de mon amour,
Comment voulez-vous que je vive?

CEIX.

Vivez avec l'eſpoir d'un doux & prompt retour.

ALCIONE.

Vous partez donc, cruel! Dieux! Je frémis, je tremble:
Eſt-ce ainſi qu'à mes pleurs s'attendrit un époux:
Laiſſez-moy, par pitié, m'expoſer avec vous?
Du moins, s'il faut ſouffrir, nous ſouffrirons enſemble.

CEIX.

Quoy! Je pourrois offrir au ſort
Ce moyen d'attenter à votre belle vie?
Au nom des Dieux, perdez cette barbare envie.

ALCIONE.

Au nom de mon amour, ne hâtez point ma mort.

CEIX

Amour infortuné !

ALCIONE.

Tendresse déplorable !

ENSEMBLE.

Qu'est devenu l'espoir qui séduisoit nos cœurs ?

CEIX.

Dieux cruels !

ALCIONE.

Ciel impitoyable !

ENSEMBLE.

Ah ! Deviez-vous troubler de si tendres ardeurs ?

CEIX à PELÉE.

Approche, cher Amy ; tu vois qu'un sort barbare
De l'objet de mes vœux aujourd'huy me sépare.
Je confie en tes mains ce dépôt précieux.

ALCIONE.

Vous me desesperez !

CEIX à PELÉE.

Console ce que j'aime
Flate son cœur tremblant de la faveur des Dieux.

Et parle-luy ſouvent de mon amour extrême.
Adieu, chere Alcione.

ALCIONE.

O funeſtes adieux!
Vous m'abandonnez?

CEIX.

Dans ces lieux,
Je vous laiſſe un autre moi-même.

à PELÉE.

Prens ſoin d'adoucir ſes tourmens.
Je t'en conjure encor par mes embraſſemens.

CEIX monte ſur ſon Vaiſſeau, & part.

SCENE V.

ALCIONE, PELÉE.

ALCIONE.

IL fuit... il craint mes pleurs, ah! Cher époux, arrête...
Ciel! Il ne m'entend plus, son vaisseau fend les mers.
Neptune écarte la tempête,
Toy, mon Pere, retiens tous les vents dans les fers.

Hélas! De ce vaisseau que la fuite est soudaine!
Que son éloignement irrite mes douleurs!
Déja mes yeux l'apperçoivent à peine;
Je cesse de le voir.... je meurs.

Elle tombe évanouïe.

PELÉE.

Que vois-je? De ses sens elle a perdu l'usage.
Dieux! N'est-ce pas assés d'avoir vû son amour?
Me condamneriez-vous à souffrir davantage?
Dois-je luy voir perdre le jour!
Alcione, Alcione!... envain ma voix l'appelle.
Alcione!... mes soins ne peuvent rien pour elle!
O trop heureux Rival, reviens la secourir:
Reviens, quand j'en devrois mourir.
Alcione!

ALCIONE, reprenant ses sens, croïant entendre CEIX.

Ceix.

PELÉE.

Ah! vous croyez encore
Entendre cette voix si chere à votre amour.

ALCIONE.

Je ne l'entends donc plus cet Amant que j'adore,
Eh! Pourquoy donc me rappeller au jour?

PELÉE & ALCIONE.

Que j'éprouve un supplice horrible!
Ciel! Ne nous donnez-vous
Un cœur tendre, & sensible
Que pour le mieux percer de vos funestes coups?

FIN DU TROISIEME ACTE.

ACTE IV.

ACTE QUATRIEME.

Le Théâtre repréſente le Temple de JUNON.

SCENE PREMIERE.

ALCIONE, CEPHISE.

ALCIONE.

AMour, cruel Amour, ſois touché de mes peines,
Ecoute mes ſoupirs, & voi couler mes pleurs.
Depuis que je ſuis dans tes chaînes,
Tu m'as fait éprouver les plus affreux malheurs;
Le départ d'un Amant a comblé mes douleurs;
Mais, malgré tant de maux, ſi tu me le ramenes,
Je te pardonne tes rigueurs.

Amour, cruel Amour, ſois touché de mes peines,
Ecoute mes ſoupirs, & voi couler mes pleurs.

CEPHISE.

A ſervir vos vœux tout s'empreſſe;
Je vois avec ſa ſuite, approcher la Prêtreſſe.

SCENE II.

ALCIONE, CEPHISE,
LA GRANDE PRETRESSE DE JUNON,
PRETRESSES.

LA PRETRESSE.

O Toi, qui de l'Hymen défend les ſacrés nœuds,
O Junon, puiſſante Déeſſe;
Reçois notre encens & nos vœux;
Et que juſqu'à ton trône ils s'élevent ſans ceſſe.

Les PRETRESSES *danſent autour de l'Autel, & jettent de l'encens dans le feu.*

LA PRETRESSE.

Reine des Dieux, exauce nos ſouhaits,
Alcione aujourd'hui t'implore;
Daigne aſſurer les jours d'un Epoux qu'elle adore.

LE CHŒUR.

Reine des Dieux, exauce nos ſouhaits.

LA PRETRESSE.

Commence leurs plaiſirs, & termine leurs peines:
Aux maux qu'ils ont ſouffert, égale tes bienfaits;
Unis des plus aimables chaînes,
Quils jouiſſent par toi d'une éternelle paix.

On danſe.

LA GRANDE PRETRESSE.

O puiſſante Junon, qu'en ces lieux on revére,
Ton auguſte pouvoir remplit tout l'univers.

CHŒUR.

O puiſſante Junon, &c.

LA GRANDE PRETRESSE.

Ton empire embraſſe la terre.
Et ſes gouffres profonds conduiſent aux Enfers.

CHŒUR.

O puiſſante Junon, &c.

LA GRANDE PRETRESSE.

Tu déchaînes les vents par leur affreuſe guerre,
Pour ſervir ton courroux, ils ſont ſifler les airs.
Juſqu'au trône du Dieu qui lance le tonnerre
Tu ſouleves les flots du vaſte ſein des mers.

O puiſſante Junon, qu'en ces lieux on revére,
Ton auguſte pouvoir remplit tout l'univers.

CHŒUR.

O Puiſſante Junon, &c. *On danſe.*

On entend une Symphonie fort douce.

LE CHŒUR.

Quels ſons charmans! Un Dieu dans ces lieux va ſe rendre.

ALCIONE.

Le ſommeil ſemble ici verſer tous ſes pavots:
Ma douleur ne peut m'en défendre.

CHŒUR.

Cedez aux charmes du repos.

ALCIONE.

Un pouvoir ſouverain me force de me rendre.

Elle s'endord ſur un des côtés du théâtre.

LE CHŒUR.

Cedez aux charmes du repos.

SCENE III.

LE SOMMEIL ſur un lit de pavots, environné de Vapeurs, & les ACTEURS de la Scene précedente.

LE SOMMEIL aux PRETRESSES.

ELoignez-vous, & laiſſez Alcione ;
Je vais exécuter ce que Junon m'ordonne.

CHŒUR.

Obéiſſons, éloignons nous.

SCENE IV.

LE SOMMEIL, MORPHE'E, LES SONGES, ALCIONE *endormie.*

LE SOMMEIL.

VOlez, Songes, volez ; faites-lui voir l'orage
Qui dans ce même inſtant lui ravit ſon Epoux.

De l'onde ſoulevée, imitez le courroux,
Et des vents déchaînés, l'impitoyable rage.

Toi, qui ſçais des mortels emprunter tous les traits.
Morphée à ſes eſprits offre une vaine image;
Préſente-lui Ceix dans l'horreur du naufrage,
Et qu'elle entende ſes regrets.
Qu'en lui montrant ſon ſort, ce ſonge affreux l'engage
A ne ne plus perdre ici ſes vœux & ſon hommage.

Les Songes volent; le Théâtre change & repréſente une Mer orageuſe, où un Vaiſſeau fait naufrage : les Songes prennent la forme de Matelots qui périſſent, ou qui pour ſe ſauver, s'attachent à des débris ou à des rochers. Morphée paroît avec eux ſous la figure de Ceix.

CHŒUR DE MATELOTS.

Ciel! ô Ciel! quel affreux orage!
Rien ne peut plus nous ſecourir.
Ah! Quel deſeſpoir! Quelle rage!
Malheureux! Nous allons périr.

MORPHÉE.

Ah! je vous perds, chere Alcione:
Helas! qu'allez-vous devenir?

LE CHŒUR.

La Mer eſt en fureur, l'Air mugit, le Ciel tonne!
Grands Dieux! Quelles frayeurs! ô Mort vien les finir.

MORPHÉE.

Ah! Je vous perds, chere Alcione!

LE CHŒUR.

Malheureux! Nous periſſons tous!

MORPHÉE.

„ Chere Fpouſe, mon cœur ne regrette que vous.

La Mer diſparoît & l'on revoit le Temple de JUNON.

SCENE V.

ALCIONE, s'éveillant en ſurſaut.

OU ſuis-je, & qu'ai-je vû! Je perds ce que j'adore,
Tous les vents à mes yeux ont ſoulevé les Mers,
Ceix eſt englouti ſous les flots entr'ouverts,
Je l'ai vû, je le vois encore!

Déeſſe, c'eſt donc toi qui m'offre cette image,
Tu viens m'avertir de mon ſort;
Eh bien! Pour prix de mon hommage
Acheve, & donne-moi la mort.

FIN DU QUATRIEME ACTE.

ACTE CINQUIEME

Le Théâtre couvert des ombres de la nuit, repréſente un endroit des Jardins de CEIX, *terminé par la Mer.*

SCENE PREMIERE.

PELÉE.

O Nuit redouble tes tenebres ;
Délivre mes regards des horreurs que je voi.
L'ombre de mon ami s'éleve contre moi :
Je voi couler ſes pleurs ; j'entends ſes cris funebres.
Hélas ! Mon crime eſt mon plus grand effroi.
O Nuit, redouble tes ténébres ;
Délivre mes regards des horreurs que je voi.
Qu'ai-je fait malheureux ! Quelle eſt ma barbarie !
De tout ce que j'aimois, j'ai cauſé le malheur.
C'eſt du flambeau d'une Furie.
Que l'Amour s'eſt ſervi pour embraſer mon cœur.

SCENE II.

ALCIONE, PELE'E, CEPHISE.

ALCIONE.

Barbares, laissez-moi; votre pitié m'offense;
Vous m'arrachez des mains le poison & le fer.
Laissez-moi, qu'à l'aspect de la cruelle Mer,
J'aille chercher la mort, mon unique espérance.

PELE'E

Non, non, n'en croyez point cet aveugle transport:
Moderez, Alcione, une douleur trop vive,
Souffrez encore le jour.

ALCIONE

Hélas! Ceix est mort!
Vous voulez qu'Alcione vive?

PELE'E

Le plus sacré devoir vous y doit engager:
Vivez, vivez pour le venger.

ALCIONE.

Et de qui le venger? C'est le ciel qui l'opprime.

PELE'E.

Non, je sçai qu'un perfide a causé son malheur.
Son ombre errante ici, demande une victime.
Je vous livre l'auteur du crime,
Si vous me répondez de lui percer le cœur.

ALCIONE.

ALCIONE.

Fiez vous-en à ma douleur.
Ombre de mon Epoux, c'eſt par toy que je jure.
Quel ſerment plus ſacré pour moi!
De tes mânes plaintifs appaiſe le murmure;
Je brûle de verſer le ſang que je te dois.
Ombre de mon Epoux, c'eſt par toi que je jure.
Quel ſerment plus ſacré pour moi!
Redoutez-vous encore une pitié timide?

PELÉE.

Eh bien! prenez ce fer & frappez le perfide.

ALCIONE.

Vous!

PELÉE.

Malgré-moi, j'adorois vos appas.
Un malheureux amour avoit ſéduit mon ame;
Et malgré-moi, Phorbas à ſervi cette flâme.
C'eſt lui qui de Ceix a cauſé le trépas.
Frappez, frappez; percez ce cœur qui vous adore;
C'eſt l'unique faveur que mon amour implore.

ALCIONE arrachant l'épée de PELÉE.

Eh bien! Si vous m'aimez, ma mort va vous punir.

CEPHISE, la désarmant.

Arrêtez, arrêtez.

ALCIONE.

Pourquoi me retenir?

SCENE III.

PHOSPHORE, *dans son étoile.*

ALCIONE, PELÉE, CEPHISE,

PELÉE.

QUel Dieu descend ici? Quel astre nous éclaire?

ALCIONE.

Du malheureux Ceix, je reconnois le pere.

PHOSPHORE, à ALCIONE.

Ce que le sort m'apprend doit calmer tes allarmes;
Alcione, le Ciel va te rendre mon fils;
Aujourd'hui, pour prix de tes larmes,
Vous devez sur ces bords être à jamais unis.

PHOSPHORE remonte au Ciel & les ombres de la nuit commencent à se dissiper.

SCENE IV.

ALCIONE, PELE'E, CEPHISE,

ALCIONE.

QU'ai-je entendu? Grands Dieux! Croirai-je cet oracle?

PELÉE.

L'Hymen, pour vous unir n'attend plus que le jour.
Vous allez être heureux, & ce cruel ſpectacle
Va vous venger de mon amour.

Il ſort.

SCENE V.

ALCIONE, CEPHISE.

ALCIONE.

REgnez, Aurore, à votre tour;
Des cieux qu'elle a voilez, chaſſez la nuit affreuſe;
Hâtez-vous d'amener le jour
Qui doit me rendre heureuſe.

„ Je vois dans ces jardins mille riantes fleurs;
„ Eclore de vos larmes;
„ Et c'eſt ainſi que de mes pleurs,
„ L'Amour va faire naître un bonheur plein de
„ charmes.

„ Regnez, Aurore, à votre tour;
„Des cieux qu'elle a voilez, chaſſez la nuit affreuſe;
„ Hâtez-vous d'amener le jour
„ Qui doit me rendre heureuſe.

L'Aurore éclaire enfin tout le théâtre, & laiſſe voir CEIX, *que les flots ont pouſſé ſur un gazon.*

ALCIONE.

Mais, quel funeſte objet a frapé mes regards!
Quel eſt ce malheureux, victime du naufrage!
Vous courriez les mêmes hazards,
Cher Epoux, mais les Dieux ont détourné l'orage.

Elle approche, & reconnoit CEIX.

Ciel! Que vois-je? C'eſt lui!

Elle tombe entre les bras de ſa Confidente.

CEPHISE.

Que devient-elle, helas!
Ses maux vont lui couter la vie.

ALCIONE.

Non, ma douleur encor ne me l'a pas ravie :
Par pitié, hâtez mon trepas.
Eſt-ce-là ce bonheur que je devois attendre,
Et dont les Dieux m'étoient garands ?
Vous me rendez Ceix, ah ! Barbares tyrans,
Dieux cruels, eſt-ce ainſi qu'il falloit me le rendre ?
Vous plaiſez-vous aux maux des fidelles Amans ?
O Mer ! Cruelle Mer, termine mes tourmens.

Elle veut ſe précipiter dans la Mer.

SCENE VI.

NEPTUNE sort de la Mer,

ET LES ACTEURS DE LA SCENE PRECEDENTE.

NEPTUNE.

JE viens vous affranchir de la Parque cruelle,
Vivez heureux Amans, d'une vie immortelle,
Rien ne peut plus vous séparer;
Les Dieux, touchez d'une flâme si belle,
N'ont permis vos malheurs, que pour les réparer.

SCENE DERNIERE.

CEIX, ALCIONE, NEPTUNE,

& sa suite.

ALCIONE.

QUoi! Je revois Ceix!

CEIX.

Je revois Alcione.

NEPTUNE.

Aimez-vous, aimez-vous toujours.

ALCIONE ET CEIX.

L'immortalité qu'on nous donne
Doit éterniser nos amours.

NEPTUNE.

Aimez-vous, aimez-vous toujours.

ALCIONE ET CEIX.

Aimons-nous, aimons-nous toujours.

NEPTUNE.

Chantez, chantez, Divinitez de l'Onde,
Formez mille concerts charmans,
Que vos voix annoncent au monde
Le triomphe de ces Amans.

CHŒUR.

Chantons, qu'à nos chants tout réponde,
Formons mille concerts charmans;
Que nos voix annoncent au monde
Le triomphe de ces Amans.

Les Dieux de la Mer célébrent l'Apotheose de CEIX *&* d'ALCIONE.

FIN.

APPROBATION.

J'Ai lû par ordre de Monseigneur le Chancelier une Nouvelle Edition d'*Alcione Tragedie*. A Versailles le cinq Octobre 1756.

DE MONCRIF.